KB260686

송홍만 제10시집

서 있는 그대로 산

국립중앙도서관 출판시도서목록(CIP)

서 있는 산 그대로 : 송홍만 제10시집 / 지은이: 송홍만.
-- 서울 : 한누리미디어, 2006
　　p. ; 　cm

ISBN　89-7969-293-5 03810 : ₩7000

811.6-KDC4
895.715-DDC21　　　　　　　　　　CIP2006001930

올처럼 길고 무서운 태풍과 장마,
그리고 밤이면 잠 이루지 못하는 열대야의 연속은 처음입
니다.
내년이면 일흔 살이라 그런지
어린 시절이 그리워 서투른 시로 튀어나오곤 합니다.
설익은 글이라 조심스러운 마음으로 내어 놓습니다.
엮어 주신 한누리미디어 김재엽 사장님께 감사드립니다.

2006. 9.

송 홍 만

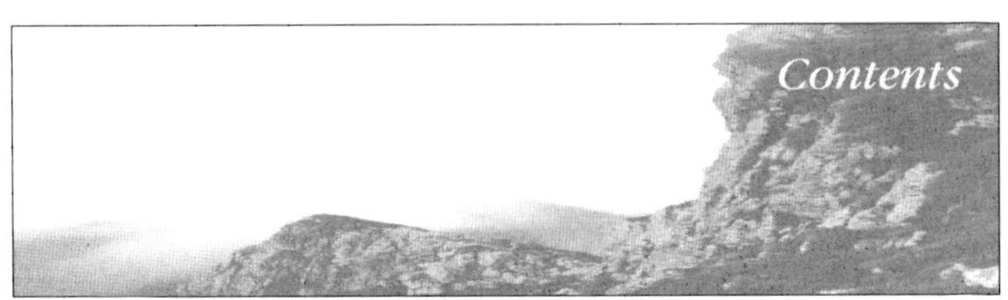

Contents

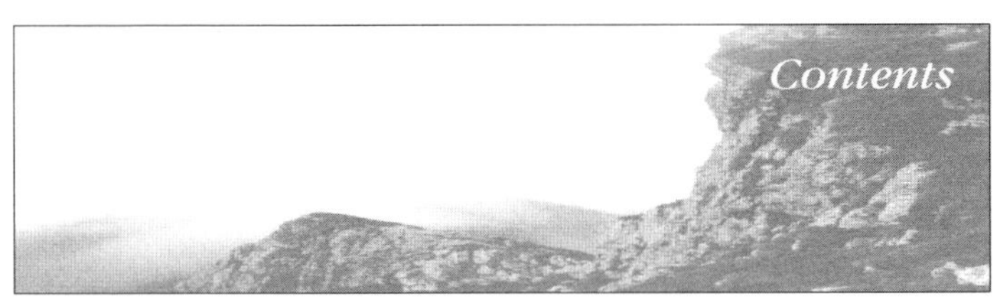

Contents

9

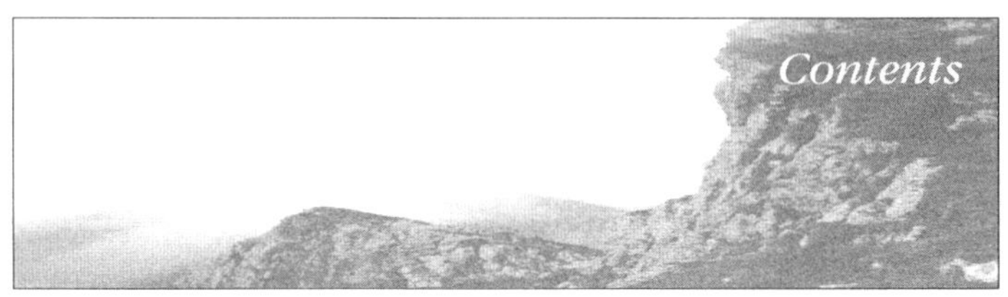

Contents

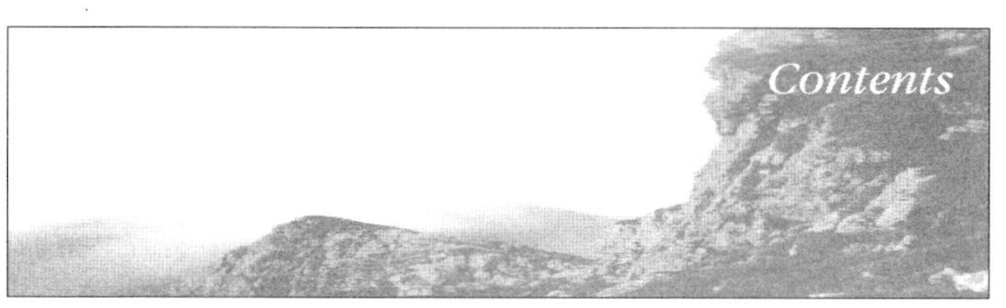

Contents

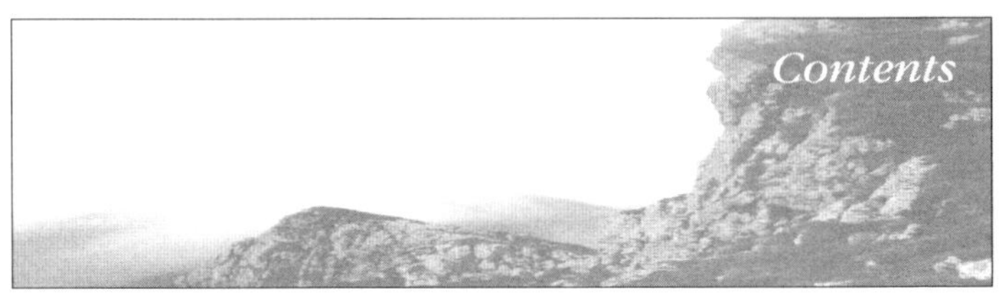

Contents

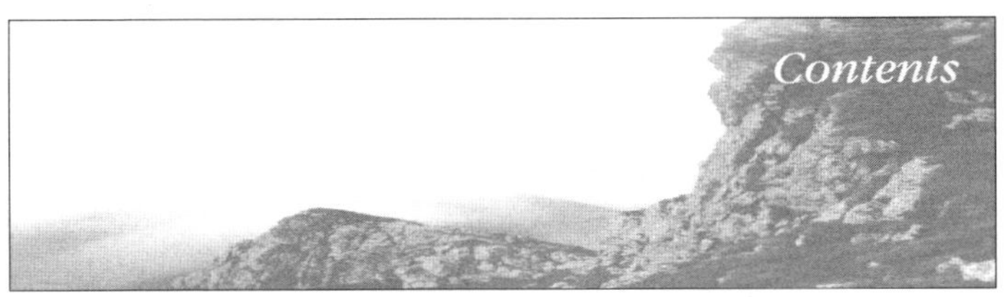

Contents

13

>>>> 서 있는 그대로 산

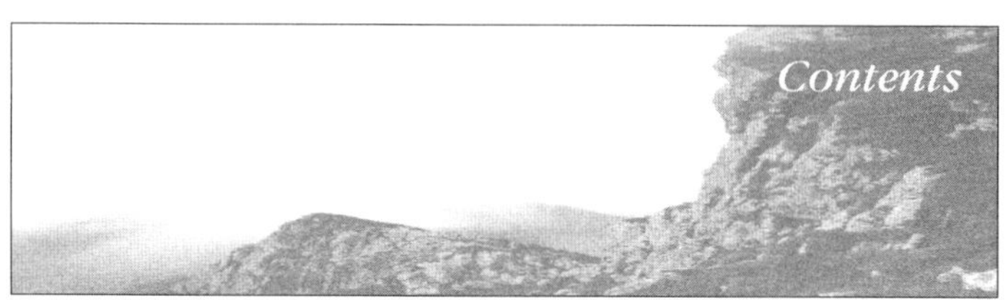

Contents

서 있는 그대로 산

송홍만 제10시집

고마운 손길

이른 새벽잠에서 깨워 주시는 손길
산책로에 운동기구 설치하여 준 손길
가고 오는 길 태워 주는 운전사의 손길
쉬지 아니 하고 일하게 하여 주는 손길
아, 이 모두 고마운 손길.

움직이는 건강 주시는 손길
바른 마음 저버리지 않게 지켜 주시는 손길
낳아서 길러 주신 손길
고요한 길로 조용히 다니게 하여 주시는 손길
아, 잊지 못할 고마운 손길.

그런 용기가

그런 용기가 어디서 났을까

서울가정법원 부속실에 근무할 때
부속실 여자 직원과
호적과 남자 직원을
서로 사귀게 한 일.

그들은 결혼하여
남매를 두었는데
벌써 대학을 마친 청년이란다.

누구든 믿기 어려워
중매를 하지 못하고 있는데
어찌 그런 일을 했을까

남편은 법무사로 법조(法曹) 일을 하고
부인은 법무사 일을 돕고 있으니
부창부수(夫唱婦隨)가 이 아닌가

그 때에 그런 용기가 어디서 나서
두 분을 사귀게 했고

두 분은 이리도 아름다운 꽃을 피웠나

꽃의 향기는 멀리 가지 못해도
사람의 향기는
아니 가는 곳 없다오.

꿈 속 고향길

오늘도 꿈 속 고향길
집 들어선 앞산 지나는데
한 사람 다가와 인사를 하기에

저기 삼간 대청 기와집이
내가 나서 자란 집이요 하니

살러 온 사람들 몰려와
마을 유래를 알려 달란다.

반가운 부탁이라
듣고 보고 그리고 생각했던
청동기 유물, 골짜기 흐르는 전설,
도깨비와 여우 이야기를

신나게 말하고 나니
가슴 후련해 잠이 깼다.

어둔 밤 하늘 멀리

"벽소령 취침 준비"

지리산 종주 나선 친구
높은 산마루 밤은 어떠할까
어둔 밤 하늘 멀리 바라본다.

"장터목 취침 준비"

해돋이, 해넘이 어떠하며
풀 냄새, 새 소리, 간밤에 꿈은
그 어떠할까
어둔 밤 먼 하늘 바라본다.

지리산 종주 한 번 하고 싶어
내 친구 산죽(山竹)을 졸랐다.

살아가는 지혜

바람도 없는 산속 길
가랑잎 한 장

꼭지 떨어지는 소리,
마른 제가지 부딪는 소리,
쌓인 낙엽에 내려앉는 소리,

그 소리에 가쁜 숨 죽이고
귀 기울인다.

사람들 그냥 지나는데
그 맑고 밝은 소리,
향긋한 냄새에 주저앉았다.

저항도 없이 순종하고
오는 봄을 위해
몸까지 기꺼이 베푸는
곱고 아름다운 마음씨

이것이
살아가는 지혜가 아닌가.

서소문길 낙엽 밟으며

서소문길 낙엽 밟으며
분주히 걷는다.

등기소 옛터 지키고 있어
가끔 반가운 얼굴 만나
손잡고 정을 나눴는데

오늘은 낙엽만 밟히고
그 낙엽은
바람에 이리 저리 쓸려 간다.

그리운 분들
바람에 쓸려가고
나도 그 뒤를 한 발짝씩 따라간다.

종주란 말 함부로 쓰면

지리산(智異山) 종주(縱走)를 하고 싶어
산죽과 광교산(光敎山) 종주를 한다니까

종주란 말 함부로 쓰면
큰 산이 싫어한단다.

경기대 형제봉 종루봉
시루봉 백운봉 광교 저수지로
8시간 반의 산행을 마치었다.

후련한 마음에
몸은 가볍다.

거듭하면
지리산 종주 가볍겠지.

제대한 아들을 보며

장하고 고맙다.
성실하게 군 생활을 마침이.

지난날 이 아비를 고이 지켜주신
하나님의 크신 은혜로다.

단기복무자(대학 재학생 또는 교사)는
최전방 소총수를 면할 수 없건만
연대본부(보병 제28사단 제81연대) 작전상황실
파견근무로 군 생활을 마치게 해주셨지

너는
사단사령부 운용중대(보병 제27사단 통신대대 운용중대)
더욱더 굳게 잡아 주셨단다.

더구나
한자 실력 2급 자격
태권도 2단 합격을 받았구나

군 생활이
살아가는 길에 밑거름이란다.

콧물

"함니,
꿈에 곶감, 엿 먹으면 어떤 거야."

할머니는
"고뿔 먹을 꿈이니,
오늘은 밖에 나가지 마라"고 하셨다.

그래서인지
꿈 속에서는 맛있어 보여도
먹지 않았다.

그런데
할아버지가 되니
꿈 속에서도 가리지 않고 먹는다.

그래선가
콧물이 거침없이 흘러 내린다.

아쉽지 아니 함은

곱게 지는 아름다운 해님이가
아쉽지 아니 함은
내일 다시 떠오를 것을
알기 때문이다.

다정했던 친구 돌아서는 것이
아쉽지 아니 함은
후에 다시 돌아올 것을
알기 때문이다.

세상만사 다 마찬가지건만
간간이 잊어버리고
안달을 하고 있음은
어리석음 때문 아닌가.

축복 받은 사람

반세기 만에
중학동창 모임의 날을 잡아
간신히 알아낸 회원에게
편지를 보내고
전날 저녁 내내 참석여부를 물었다.

몸이 아파 못 가네
거동을 못 한다네
집사람이 중태라네
자식들 문제가 있다네……

"저와 여러분은 축복 받은 사람이요"
참석한 회원에게 첫 인사를 하며
우리 모두가 감사한 마음으로 시작을 했다.

"가고 싶은 곳을 가고,
보고 싶은 동창을 만나고,
칠십 노인에게
이보다 더 큰 고마움 없을 게다."

그렇게 말하며
헤어졌다.

뒷동산에 올라

졸업 후 오가며 바라만 본 모교를 갔다.
아직도 굳게 서있는 화강암(花崗岩)의 전당(殿堂)

돌덩이 하나 하나 어루만져 보며
볼을 대어도 본다.

내 등짐으로 옮겨진 것 어느 것일까
동창 산죽(山竹)과 말없이 한동안 돌아보았다.

상수리나무 잎 밟으며
자주 오르던 뒷동산을 올랐다.

버스 화물자동차가 아주 가끔 지나던 신작로
그 길로 백마 타고 반가운 소식이 올 듯했지

그때 그 친구들
고희(古稀)를 바라보는 나이에 더욱 그립다.

누에섬 갔다 오며

대부도 초입 바다에
누에같이 생긴 누에섬이 있다.

콘크리트 길을 걸어
섬 한 바퀴 돌아오는데

한 사리 물이라
걸음보다 빠르다.

물머리 따라
부지런히 걷는데

궤 구멍에 물 채워지는 소리에
귀 기울이니

어린 시절이
보글보글 방울져 솟는다.

꿈이 아니어도

아파트에서 탁자가 떨어진다.
이어서 사람이 떨어진다.

사람이 떨어지는 것을 보니
내가 떨어지는 것 같다.

꿈 속이기 때문인가
내가 사람이기 때문인가

꿈이 아니어도
같을 것 같다.

바르게 살아가는 길도

버드나무 앙상한 가지 사이로
파란 하늘에 흰 구름 지난다.

나무 아랜 흰 눈이 덮이고
길은 미끄럽다.

술 한 잔 마시고 내다보고
안주 한 입 씹으며 바라본다.

흰 구름은
나뭇가지에 걸리지 아니 하고
갈 길을 잘도 간다.

탐욕(貪慾)에 집착(執着) 않는다면
바르게 살아가는 길도
저와 같이
유유히 흘러 가겠지.

대강절(待降節)

예루살렘의 시므온이
뵙기 전에는 아니 죽으리라 다짐하고
어린 아기 예수님 뵙고는
말씀대로 종을 편히 놓아주어
감사기도(感謝祈禱)하듯이

여 선지자(先知者) 안나가
성전(聖殿)을 떠나지 아니 하고
주야로 금식(禁食)하며 기도(祈禱)해
임을 증거하듯이

등불 들고 신랑(新郞) 맞으러 나간 열 처녀 중
슬기로운 다섯 처녀와 같이

다시 내 마음 속에 오심을
겸손히 기다리게 하옵소서.

이 핑계 저 핑계 미련한 핑계
여기까지이게 하옵소서.

그 때 나 거기 있어도

죄 없으신 주님을 십자가에 못 박음
그 때 나 거기 있어도 마찬가지

오래 전 멀리 유대 땅 베들레헴
하나님의 독생자 오셔서

우리를 죄에서 구하려
십자가에 돌아가심

나 태어나기 전 그리도 먼 나라에서
오늘 여기 있는 나와 무슨 상관 있을까

그 때 나 거기 있어도 마찬가지
오 주님 나의 죄를 용서하소서

죄 없으신 주님을 죽게 하였나이다.
오늘도 수없이 되풀이하고 있나이다.

동동주 잔 속에

떨어질 잎사귀는 다 떨어진
바람 한 점 없는 산길을 걷는다.

고향 길에도,
살아가는 길에도,

아는 이 보이지 않듯
산길에도 마찬가지다.

사랑하는 친구들이여
다 어디로 갔는가

동동주 잔 속에서
그리운 모습 찾는다.

송홍만 제10시집

살 가망 없는 꽃

눈 얼어 미끄러운 길 가에
아직 마르지 아니 한 들국화
한 줌을 꺾어 왔다.

새벽에 책상에 앉으니
그 꽃을 아내는 접시에 받쳐
책상 위에 놓았다.

살아 있는 꽃을 꺾어 오면
꽃병에 꽂아 놓고
살 가망 없는 꽃이라 그랬는가 보다.

내 마음 그대로

대예배 사회(司會)를 보는데
목사님은 예수님, 나는 성도로,
시청각 교육용 촌극을 했다.

목사님은 나의 왼손목 꽉 잡고
나는 목사님 왼손을 잡았다.

목사님은 천국 가자는데
나는 세상 것 그리워 잡았던 손을
놓기도 하고, 몸부림도 쳤다.

즐거울 땐 잡았던 손을 놓았고
괴로울 땐 놓은 손을 다시 잡았다.

그러나
목사님은 한 번 잡은 손을 아니 놓았다.

짧았지만 즉흥적으로 잘한 것 같았다.

곰곰이 생각하니
내 마음 그대로 했기 때문인 것 같다.

난 장로가 아니오

자주 가는 치과병원엘 가면
들어서자마자 장로님 오셨느냔다.

난 장로가 아니오 했건만
다음에 가도 마찬가지다.

장로가 아닌데 장로라 부르니
하나님께 죄송스럽다.

마음이 언짢아

오산에서 버스로 송탄등기소에 가는데
버스에 오른 한 여인이 바쁜 운전기사에게
송탄시청 앞을 알려달란다.

내가 내리는 곳에서 내리면 된다고 했는데
차에 오르는 학생들에게 묻더니

나를 따라 내리어서도
지나는 사람에게 또 묻는다.

저 여인이 어리석어선가,
나를 못 믿겠다는 것인가
마음이 언짢아 곰곰이 생각했다.

아차!
나를 따르라 하시는 주님 버리고
갈 길 찾아 방황하는 날 보시고
얼마나 마음 언짢으실까

그 여인은 알면서도
어리석은 날 깨우치려고 어리석은 체하신
나의 스승이로다.

작은 옹달샘

내 마음 속
작은 옹달샘 하나

풀잎에 방울진 이슬이
굴러와 고이고

아기 주먹 젖 냄새
비릿하게 머물기도 하고

작은 새 서로 먹여 주다 떨어진
놀란 벌레도 머물다가

나뭇잎 사이로 새어 나오는
빛을 받고 힘내어 가곤 한답니다.

동지 섣달 그믐달이
매섭게 내려 안기면
힘든 삶의 길에
눈물이 고이곤 합니다.

지워지지 아니 하는
괴로운 앙금은
무겁게 무섭게 머문답니다.

해마다 다르게

광교산(光敎山) 종대루(鐘坮樓)에 오르니
고운(孤雲)의 입김 아직 훈훈하다.

사방이 안개로 둘러 있어
오리(五里) 밖에 아니 보인다.

오리무중(五里霧中)이란
이런 것인가

맑고 밝은 손을 잡고
싸락눈 맞으며 산을 오른다.

갑갑한 안개 속에서
곰곰이 생각하니

무자비한 파헤침 보이지 아니 해
가슴 아니 아프구나.

겉옷은 녹는 눈에 젖고
속옷은 땀으로 축축하고

마음은
건강 주심 감사해 흐뭇하다.

시루봉 백운봉을 지나 내려오는 길가에
졸졸 흐르는 냇물 소리에 귀 기울이니

해마다 다르게 들리는구나.

아니 보이는 꽃은

보이는 꽃은
세월 따라 피고 지는데

아니 보이는 꽃은
마음 따라 피고 지는구나

지는 꽃은
세상에 부담을 주고 간다.

비 속에 지는 목련
태풍에 쓰러진 아카시아 나무에 시드는 꽃

둥지 틀려는 고운 새도
울며 날라간다.

늙어서야

다들 춥다고 소란이지만
난 정말 견딜 만하다.

동저고리 바람으로
서북풍을 안고 학교 다니던 일

그 때를 생각하면
이 정도는 아무 것도 아니기 때문이다.

"젊어 고생은 사서라도 한다"
어른들의 참된 말씀

자식 낳아 기르면서도 몰랐는데
늙어서야
춥고, 덥고, 괴로움 견디는
나를 알겠구나.

마음은 유년시절로

고향길 나서면
자동차는 앞으로 가고
마음은 뒤로 달려 유년시절(幼年時節)이 된다.

언덕 위에 오르면
동네 안에 제일 큰 우리 집

대문 앞엔 큰 향나무
울타리엔 참죽나무
밭둑엔 대접감나무
논둑엔 밤나무……

사랑방에선 아버지 글 읽으시는 소리
안방에선 어머니 베 짜시는 소리

소도 닭도 반겨 주었지

부서진 고향 땅
보이지 아니 하는 모습 그립다.

뒤돌아 보니

광교 저수지 얼음판에
하얀 눈이 덮였다.

어릴 적
얼음판 위 하얀 눈을 밟으며

멀리 목표만을 보며
곧게 걸었으나,

뒤돌아서 발자국을 보면
굽어진 걸음이었지

고희 가까운 나이에
살아온 길 뒤돌아 보니

좌우(左右)로 치우치고
상하(上下)로 날뛰었구나.

산이 울창해지면

숲 속 낙엽 밟으며 걸으면
혼자서도 주고 받는 이야기 많다.

지금처럼 산에 나무가 우거진 적은
내 기억 속에 없다.

우거진 산이
해방과 한국전쟁을 거치며,
민둥산이 되었다가

나라 세우려는 강력한 지도자의 의지로
이처럼 무성해졌다.

그러더니
무차별한 개발로 황폐하여 가고 있다.

나무를 심어 산이 울창해지면
말랐던 시냇물 다시 흐르고

떠나간 새들 돌아오듯이
뜻 있는 형제들 돌아오겠지.

하늘 보며 나선 학교길

빈 부대(負袋) 접어 쓰고 걷던
비 내리는 학교길

부대마저 없으면
하늘 보며 나선 학교길

옷이 젖었다가 마르고 다시 젖어도
책만은 젖지 않길 바랬지

넘치는 개울 꿈꾸듯 떠내려가다가
풀뿌리 잡고는 살아나기도 했지

우산이나 우의 없던 그 때
하늘 보며 나선 학교길.

어울리는 그림 한 장

산봉우리 품어주고 가는 하얀 뭉게구름

미루나무에 송두리째 잡힌 까치집

코스모스 하늘거리는 길로 신나게 지나가는 자전거

빨랫줄에 나란히 앉은 제비 한 쌍

초가지붕에 열린 둥근 박

산 고갯길 벗해 주는 산새 소리

지게 진 남편과 뒤따르는 광주리 인 아낙네

아,

아름답게 어울리는 그림 한 장이로다.

아름다움

이 아름다움을
보고 듣고 느끼니

아름다움을 지으신
하나님 고마워라.

이 아름다움을 따라
아름다운 시(詩)를 쓰고 싶다.

그 시를 읽는 이도
아름다움을 느끼게 하고 싶다.

본심이 아니심을

(예레미아애가 3장 33절 말씀)

나의 뺨을 치시니
아프고 부끄러웠습니다.

나의 마음을 근심케 하시니
가슴 아파 잠 못 이루었습니다.

지나서야 깨닫습니다.
주님의 본심이 아니심을.

어둡고 두려운 길에서
나 모르게 솟구친 그 용기

험하고 힘든 고개 길에서
나 모르게 밀어주신 그 큰 힘

이제야 깨닫습니다.
이처럼 사랑하여 주심을.

날라 온 문자

날라 온 세 문자(文字)
한 자, 한 자 읽어보고
이어서도 읽어 보나
너무하다.

곰곰이 생각해도
덤으로 알아봐도
애교로 여겨봐도
너무하다.

"개 새 캬"
자라며 아니 들어보고
꿈에서도 못 들어보았네
너무하다.

가끔 고통 없다면

며칠 전 발목을 겹질러
횡단보도 건너기 진땀이 나고
쑤시어 잠 한 번 푹 자지 못했다.

가끔 고통 없다면
내 모습 어떠할까
기고만장 차고 넘치리라.

아니 갈 곳 밟았기에
이 고통 주심 깨닫고
밤새껏 눈물의 골짜기 지나
새벽에 감사의 골짜기 걷습니다.

송홍만 제10시집 >>>>

그리고 싶은 그림 한 장

산과 산 사이에 펼쳐진 푸른 들판에
두서너 명씩 논밭 일을 하는데

고개 넘어온 광주리에 둘러앉아
둘레 둘레 둘러보며

"여보게! 술 한 잔 하게"
일하는 사람 부르는 소리에

"그럼세"
대답이 메아리친다.

하얀 수건 쓴 아낙네 얼굴이 곱고
걷어 올린 아저씨 손발이 우람차다.

아! 아름다워라.
그리고 싶은 그림 한 장

어릴 적 내 고향 모습.

안다는 사람이

모르는 사람이
어찌 그러할까

이렇게 저렇게
안다는 사람이

가시로 찌르고
정 끊고 그렇게 떠났지

그렇다고
홀로 살 순 없고요.

• 송홍만 제10시집 ＞＞＞

참된 빛

다니는 길에 보이지 아니 하는
살아가는 길, 생각하는 길이 있듯이

빛에도 보이지 아니 하는
진리의 빛, 혼돈을 몰아내는 빛이 있단다.

진리의 빛, 참된 빛은
내 마음 속 어두움을 몰아내고

보이지 아니 하는 바른 길을 알려 주고
지은 죄를 깨닫게 하여 주고

하나님의 자녀가 되어
맑고 밝게 살게 한답니다.

아주 간다

아주대병원(亞州大病院) 간다고 하니
택시기사가 병원 이름이 안 좋아요

그러면서 그 병원에 가면
아주 간단다.

듣고 보니
썩 좋지 않다.

아주대병원에 가면
아주 낫는다고 할 것이지.

송홍만 제10시집 >>>>

옛 절터에서

남한강(南漢江)가 옛 절터를 둘러본다.
부처님 앞에 합장(合掌) 한 번 못한 마음
그윽한 깊은 뜻을 꿈이나 꿀까만은.

충주(忠州) 탑평리(塔坪里) 한가운데 우뚝 솟은
외로운 칠층석탑(七層石塔)(중앙탑)
절 집 한 채 남지 않아 이름조차 전하지 않고
흐르는 강물 아직도 굽어보고 서 있다.

청계산(淸溪山) 청룡사(靑龍寺) 터
여의주(如意珠) 찾던 용 두 마리 지금은 무슨 놀이 하고 있나
법화경(法華經) 손수 써서 어머님 명복(冥福) 빌며
뒤따르는 공민왕(恭愍王) 물리치고 입산(入山) 수도(修道)한
보각국사(普覺國師) 여기 계셨네

현계산(賢溪山) 거돈사(居頓寺) 터
축대 위 넓은 터 삼층석탑(三層石塔) 외로이 지키는데
스승보다 뛰어나 이미 숙성(熟成)하였다 칭찬(稱讚) 받은
원공국사(圓空國師) 승묘탑(勝妙塔)은 없고
그 비만 남았구나
어느 달 밝은 밤 닦아놓은 당간지주(幢竿支柱) 일어서고

탑돌이 이어지며 독경(讀經)소리 가득하리라.

명봉산(鳴鳳山) 법천사(法泉寺) 터
진리(眞理. 法)가 샘처럼 솟는다는 법천사(法泉寺)
유학(儒學)을 배우다가 스님이 된
지광국사(智光國師)의 현묘탑(玄妙塔)은 떠나고
그 비만 남아 당간지주(幢竿支柱) 서 있는 빈터를
내려다보고 있구나.

영봉산 흥법사(靈鳳山興法寺) 터
삼층석탑(三層石塔) 강물 보며 서 있고
말의 뜻이 웅장(雄壯)하고 깊고 위대(偉大)하며 고와
사의웅심위려(辭義雄深偉麗)
오는 자가 구름 같고 배우는 사람이 안개 같았다는
진공대사탑(眞空大師塔)의 비신은 없고
그 귀부(龜趺)와 이수만 있구나

혜목산(彗目山) 고달사(高達寺) 터
산 속에 주인(主人) 알 수 없는 부도(浮屠)
넓은 빈 터를 석불대좌(石佛臺座)가 지키고
사방(四方)에서 설법(說法)을 들으려는 사람

구름같이 모여들었다는
원종대사(元宗大師. 璨幽) 혜진탑비(惠眞塔碑)는 없고
그 비를 받쳤던 귀부(龜趺)와
그 비 몸 위에 얹혔던 이수
그리고 대사(大師)의 부도(浮屠)인 혜진탑(惠眞塔)
귀히 남아 있네

이제는
임금의 스승인 왕사(王師)
나라의 스승인 국사(國師)
덕 높은 대사(大師)
모두 아니 계시니
가신 임들의 가르침이 더욱 그립구나.

이럴 수가 있나

비빔밥 맛있어
값 더 주고 싶어 한
구리(九里) 어느 음식점

몇 년 후 군침 삼키며
찾아갔는데
이럴 수가 있나

눈치 챈 주인
할 수 없어 주방장을 바꿨더니
맛이 떨어졌단다.

인건비로 어려운 것이
어디
이 사업뿐이랴.

• 송홍만 제10시집 >>>>

그래야 주시는 복

속이 뒤틀리고 참기 힘든 울화통이라도
십자가 고통 생각하면
참을 수 있으련만,

미소 지으면 마음 편한 줄 알건만,
몸과 마음 노약함도 알고 있건만,
발끈 울분 터뜨리고 만다.

불평, 원 없이 해 보았건만,
끝내는 아픈 마음만 남건만,
오늘도 참지를 못하고 만다.

온화하게 마음 먹고
마음 편하게 사는 것
그래야 주시는 복.

양반과 상놈 사이도 아니오

조치원등기소(鳥致院登記所)에
급히 가려고
수원역(水原驛)에 오니
좌석(坐席)이 없어 입석표(立席票)를 샀다.

서 있기 편한 곳 없어
자리가 날 리 없는 좌석에 기대섰다.

앉은 자와 선 자의 차이는
무엇인가

양반과 상놈 사이도 아니오
주인과 종의 사이도 아니고

잘난 사람과 못난 사람도 아니고
부자와 빈자의 차이는 더더구나 아니다.

그런데도
어쩐지 마음은 편치를 않다.

꿈 속에서도 고마워

우암산(牛岩山) 기슭에 자리한
우람찬 청주대학(淸州大學)
나의 모교(母校)

무슨 축제(祝祭)라며
반가운 얼굴 모여든다.

그 때
나의 모교(母校)
여기 있었기에

살아가는 터전을 일궈주심
꿈 속에서도 고마워라.

한 발짝 한 발짝 걸어서
교정(校庭)을 둘러보며

맛있어 보이는 음식(飮食)엔 아랑곳 없이
감사(感謝)한 마음 곱씹었다.

그런 줄 모르고

어느 날 창문을 여니 앞이 훤하다.
우람 아파트가 재건축한다며 헐려서다.

갑갑한 줄 모르고 살아왔는데.
가린 것 헐리니 앞이 훤하다.

남들이 어리석다던 그 집념 있는 어른이
앞을 가린 태항산(太行山)과 왕옥산(王屋山)을 옮겼다는
우공이산(愚公移山)

내 마음 속 가린 것 있어도
그런 줄 모르고
나는 어리석게 살고 있네.

낙심하지 아니 하노니

나 여기서 괴롭고 힘들어도
낙심하지 아니 하노니

몸으로 겪는 고통
썩어 사라질 몸과 더불어 지나가리라.

주님 바라보는 마음
날로 새로워져 큰 영광 이루리라.

죽어서나 가는 곳 아니요
믿고 바라며 살면 기쁘고 즐거움 속에 있으리라.

나 여기서 괴롭고 힘들어도
낙심하지 아니 하노라.

전신갑주(全身甲冑)

(에베소서 6장 13절)

사도(使徒) 바울은
일러주고 있습니다.

악마(惡魔)를 이겨내려면
말씀으로 완전무장(完全武裝)을 하라고.

구원(救援)의 투구[冑]를
머리에 쓰고

성령(聖靈)의 칼을
한 손에,

믿음의 방패(防牌)를
다른 한 손에 잡고

의(義)로운 갑옷을 입어
가슴과 등을 가리고

진리(眞理)의 띠를
허리에 매고

복음(福音)의 신발을
발에 신으라고 합니다.

구원 받아
두려움 없이 평안히 살랍니다.

딱따구리를 보며

이른 새벽 산길을 걷다가
나무 울림을 듣고
나무 위 이리 저리 살펴 보니
작은 새 한 마리가
아직 잎이 나지 아니 한 나무를 쪼아댄다.

작은 부리로 쪼아대는 소리는
나무를 울리고
그 울림은 산 속을 은은히 퍼진다.

딱따구리는
먹이만을 찾으려는 것은
아닌 듯하다.

날으는 새들은 즐겁다고 춤을 추고
지나는 바람은 나뭇가지를 기뻐 흔든다.

내 아둔한 머리를 쪼아
고치기 힘든 버릇 뽑아
저 울림같이 맑고 즐거운 마음 되게 해다오.

송홍만 제10시집 >>>

전설(傳說) 따라 돌고

열차(列車)로 광주(光州)에 가서
버스로 보성(寶城)에 갔다.

차창(車窓) 멀리도 보고
가까이도 보며 가고 왔다.

파란 보리 포기며
서너 줄기 돋아나는 마늘

넓은 들을 호미 잡은
할머니 손이 지키고 있다.

차는 길을 따라 달리고
길은 강을 따라 돈다.

산줄기는 전설(傳說) 따라 돌고
난 어린 시절 속으로 즐겁게 빠져든다.

마을 언덕 위에 무덤엔
자손들 게으르지 아니 할까
조상님 굽어본다.

따스한 햇살 논밭을 도닥여
풀리지 아니 하는 농부(農夫)의 응어리
이제는 다 풀어 주었으면 좋겠다.

이제 버리겠노라

내 이것 하나, 화내는 병
이제 버리겠노라.

기억이 있을 때부터 따라다닌
고질병.

곧 후회하며 괴로워하면서도
버리지 못한 버릇을.

이제 버리겠노라.

빈 택시가 그냥 지나가던
기다리던 버스가 더디 오던
차별 두고 대하던
화내지 아니 하리라.

성현(聖賢)의 말씀을 아는 것
성현(聖賢)의 가르침을 듣는 것

모두 나의 행함과
이어지지 않는다.

평생을 동행한 고질병
이제 버리겠노라.

너의 할아버지

네가 처음 공무원 시험을 보는 날
나는 꿈을 꾸었단다.
너의 할아버지 너를 지켜 보시는.

동막댁(東幕宅) 가장 작은 집의
제일 어린 손자인
너의 힘이 되어 주시려고.

생전엔 멀리서
네 아비를 지켜 보시고
어려운 고비마다 꿈 속에 함께 하신단다.

이제는
너의 곁에서
너를 지켜 주시리라.

말 한 마디 없이도

새벽 산길을 걷다가
푸드덕 소리에 놀라 보니

꿩 두 마리가 무덤가 잔디에서
장끼는 왼쪽으로,
까투리는 오른쪽으로 날라간다.

먹이를 찾으며
무슨 말을 주고 받았을까

어린 시절
아버지와 어머니, 형님과 형수
하루 종일 일하면서
사랑한다는 말 한 마디 없이도
정겨움 주고 받았다.

날아가는 방향이 달라도
장끼와 까투리는
한 자리에 앉아
나누던 이야기 이어지겠지.

송흥만 제10시집 >>>

집사 준다

교회(敎會) 나가면 복(福)을 받는다 하기에
복(福)을 받으려고 교회(敎會)를 열심히 다녀도
복(福)을 주는 이가 없자

목사님에게 물었더니
2년만 열심히 나오면
집사(執事) 준다고 한다.

셋방살이에 시달린 젊은이는
열심히 교회(敎會)를 다니다 보니
2년이 훨씬 지났다.

목사님 모시고 입주예배(入住禮拜)를
올리고 나서

2년만 열심히 나오면
집을 사준다 하시기에

열심히 다녔더니
하는 일이 잘 되어
집을 사서

오늘 이사를 오게 된 것이란다.

잘못 듣고 믿어도 복(福)을 받기에
하나님의 말씀은
복음(福音)인가 보다.

몽촌토성(夢村土城) 안에서

향내 자욱한 욱리하(郁里河) 숨어 흐르고
모래언덕 이어진 토성(土城)

백제(百濟)의 할아버지 할머니 집을 짓고
낮이면 물고기 잡고
밤이면 편(便)한 잠 이루어
꽃같이 곱게 피어나는 마을
이 성안에 가득하였으리라.

고구려(高句麗) 군사(軍士)의 짓밟힘 당하고
백제(百濟) 임금은 아차산(阿且山) 위에서
참수(斬首) 당하는 슬픔 안고
웅진(熊津)으로 도망갔으니
고운 마을 꿈 속에서나 찾는다고
몽촌(夢村)이런가

넓고 푸른 마을 터
토성(土城) 따라 이루어진 해자(垓字) 완연(宛然)하여
발걸음 멈추고
꿈 속으로 빨려 든다.

* 욱리하(郁里河)는 지금의 한강(漢江)으로 대수
(帶水), 아리수(阿利水), 한수(漢水)라고도 함.

귀 기울이고

나의 눈으로 하나님 보러 들지 말고
나의 귀로 말씀 향하게 하소서

지으신 만물 보며
하나님의 고운 솜씨 알게 하소서

말씀에 귀 기울이고
말씀 따라 살아가게 하소서.

관악산(冠岳山) 다시 오르며

사당(舍堂) 남현(南峴) 마을에서
바위 봉우리 오르고 지나서

연주대(戀主臺) 멀리 보며
과천향교(果川鄕校)로 줄달음쳤다.

소나무와 바위는 잘 어울리고
큰 바위 양지에는 진달래 활짝 웃는다.

강도 마을도 뿌옇게 내려다보이는데
맑고 밝은 마음은 산뜻하구나.

고치려는 마음뿐

앞 사람 배낭(背囊)이 왼쪽으로 기울어
내 몸도 따라 기울어지는 것 같아

멜빵을 바로 잡아 주었더니
불편한 줄 몰랐는데 아주 편하단다.

내 마음 기운 것 바로 잡는 바를 알건만
고치려는 마음뿐이다.

노동(勞動)과 등산(登山)

버스로, 전철로, 때로는 택시로
시간에 쫓겨 하루 일을 마치면
몸과 마음이 피곤(疲困)하다.

산봉우리 오르내리고
긴 능선 걸으며 하루를 지내면
몸과 마음이 상쾌(爽快)하다.

사람과의 사이에
보이지 아니 하는 상처
그 상처 때문인가 보다.

일하면서도
마음의 상처(傷處)를 주고 받지 아니 하는
그런 슬기를 찾아야겠구나.

제비원 [燕飛院]

안동(安東)에서 한양(漢陽) 길 나서는 길목에
한 원(院)이 있어 나그네 쉬었다 갔다네

이 원(院)에서 일하는 연(燕)이라는 처녀(處女)가 있으니
그녀는 어려서 부모(父母)를 잃었으나
얼굴 곱고 마음씨 착하여
묵어가는 사람의 마음을 가볍게 하였다네

이웃 부자집 총각(總角)이 비명(非命)에 저승을 가서
선행(善行)의 보화(寶貨) 가득한 그녀의 창고(倉庫)에서
보화(寶貨)를 빌려 살아난 그 총각(總角)
목숨 버금가는 큰 재물(財物)을 그녀에게 갚았다네

그녀는 이 재물(財物)로 법당(法堂)을 짓는데
마지막 날 기와장이[瓦工]가 지붕에서 떨어져
몸은 산산 조각이 나고 혼(魂)은 제비가 되어 날라갔다네

그래서
이 절을 '연미사' 라, 이 원을 '제비원' 이라 불렀다네

그녀가 죽은 날 천지가 무너지는 듯한 소리가 나더니

큰 바위가 갈라지고 석불(石佛)이 나타났는데
그 이목구비(耳目口鼻)가 뚜렷한
마애석불(磨崖石佛)이 되었다네

새 집 짓고 무당(巫堂) 불러 상량신(上樑神) 맞아들이는 성주풀이에
성주의 근원(根源)이 안동(安東) 땅 제비원이라
제비원의 솔씨를 받아 땅에 던졌더니
점점 자라 도리기둥이 되었구나 라는
소리 귀에 은은하구나.

헛제삿밥

안동(安東)에서
'헛제삿밥'을 먹었다.

정성이 부족한 제사를 올려
헛제삿밥인가

고사리, 도라지, 무, 가지나물
명태, 두부, 고등어 전(煎)
어물과 육류를 꽂이에 끼워 익힌 산적〔炙〕
밥, 탕, 두 가지 감주
정성어린 제삿밥이다.

죽은 줄 지내온 제삿날
살아 집에 돌아와
헛된 내 제삿밥 맛있노라 했을까

알고 보니
정성어린 제삿밥 하도 맛있어
제사 없는 날이라도
제삿날처럼 차려 먹는다고
헛제삿밥이란다.

서 있는 산 그대로

서 있는 산 그대로
흐르는 물 그대로
그대로 두고 보면 좋겠네

새벽녘 마음 그대로
어릴 적 생각 그대로
그대로 살아가면 좋겠네

내리는 비 그대로
밟히는 잎 그대로
그대로 걸으면 좋겠네

기쁜 마음 그대로
슬픈 가슴 그대로
그대로 사라지면 좋겠네.

청계산(淸溪山) 다시 오르며

이른 일곱시 양재(良才)에서
청계산(淸溪山) 다시 오른다.

옥녀봉(玉女峰) 슬픈 전설(傳說)
공기 돌 아직 남아 있구나

입맞춤 능선이라
얄궂은 이름도 있구나

매봉 바람도 시원하고
산새 소리 청아(淸雅)하구나

망경대(望京臺) 막혀져 바위길 돌아가는데
빗줄기 바람 따라 몰아친다.

비 간간이 지나면
바람 깨끗하고 새 소리 요란(擾亂)하구나.

창문을 열면

봄에 창문을 열면
화사함이 가득하고

여름에 창문을 열면
푸르름이 가득하고

가을에 창문을 열면
풍성함이 가득하고

겨울에 창문을 열면
싸늘함이 가득하고

마음의 창문을 열면
기쁨이 가득하구나.

그런 사람 되리라

바둑에
이겨도 좋고
져도 좋고
그런 사람 되리라.

산 오름에
빨라도 좋고
느려도 좋고
그런 사람 되리라.

남은 삶에
기뻐도 좋고
슬퍼도 좋고
그런 사람 되리라.

그리고 보니
분함도 없고
미련도 없고
즐겁고 편안하구나.

산에 들에 꽃이 피니

산에 들에 꽃이 피니
살아 온 길 돌아보게 하네

봄이면 피고 지는 꽃처럼
어린 시절 많은 꿈 아름다웠지

여름이면 짙어지는 숲처럼
한참 시절 몸과 마음 다함 싱그러웠지

가을이면 익어가는 열매처럼
하여 온 일 매듭이 고왔으면

겨울이면 싸늘한 서리처럼
매무새 냉엄하게 하였으면.

두둥실 오르고 있다

진분홍 얼굴 진달래
고운 구름 지어
산(山) 하나 송두리째 품고
두둥실 오르고 있다.

수줍은 얼굴 벚꽃
고운 구름 지어
마을 하나 송두리째 품고
두둥실 오르고 있다.

얼떨결에 환한 마음
고운 구름 속 안기어
미움도 아쉬움도 송두리째 버리고
두둥실 오르고 있다.

흘러 넘치는

산 줄기 흘러 넘치는
연한 초록 숲 바다
날마다 윤이 난다.

논밭 흘러 넘치는
연한 초록 풀 벌판
날마다 쑥쑥 자란다.

꿈마다 흘러 넘치는
연한 초록 어린 시절
날마다 고향 오간다.

삼악산(三岳山) 오르며

강촌역(江村驛) 마주한 가파른 길
보이는 봉우리 지나면 또 봉우리

등선봉(登仙峰) 청운봉(靑雲峰) 용화봉(龍華峰)
세 봉우리 있어 삼악산(三岳山)이라더니
수악산(數岳山) 분명(分明)하구나

한 줄기 북한강(北漢江) 뛰어 건널 듯
바로 아래 보이고
바위길 오금은 부들부들 떨린다.

새 잎 파랗게 윤이 흐르는 소나무
어엿이 피고 지는 해맑은 진달래
조용히 자리한 맑고 밝은 바위

등선봉(登仙峰)에 올라 숨 가다듬고
청운봉(靑雲峰)에 올라 사방(四方)을 둘러본다.

난공불락(難攻不落)의 요새(要塞)
삼악산성(三岳山城)이건만
방심(放心)했던 맥국(貊國)의 마지막 패망(敗亡)의 소리

왕건(王建)에게 쫓겨 숨어 울던 포악해진 궁예(弓裔)의 울음소리
전설(傳說) 되어 스쳐간다.

용화봉(龍華峰) 멀리 보며
홍국사(興國寺) 둘러보고
물길 따라 내려오며 둘러본다.

뉘 졸라도 꺾어 주지 못할
바위 벼랑에 핀 진달래
산 머리 아주 가까이 맞대고
바위 사이로 이어지는데

물 넘쳐 흐르는 선녀탕(仙女湯),
크고 작은 폭포(瀑布)를
사다리 밑으로 보며 걷는다.

등선폭포(登仙瀑布) 뒤에
숨어 있는 폭포(瀑布)는
두 마리 인어(人魚)가 번갈아 오르는 듯
두 선녀(仙女) 시새워 오르는 듯
두 줄기 물줄기는 파랗다.

아담(雅淡)하고
조용한 등선폭포(登仙瀑布)
아름다운 골짜기를 지키고 있다.

강변길 걸으며

경춘가도(京春街道)의 중심(中心)
강변(江邊)길 걷는다.

등선폭포(登仙瀑布) 내린 물이
북한강(北漢江)에 합수(合水) 되어
강촌역(江村驛) 지나는 사이
한 오리(五里) 길이다.

묵은 갈대 꿈 깰 무렵
쑥 향기(香氣) 봄을 풍긴다.

고가차도(高架車道) 아래 포장(鋪裝)된 길이지만
강물 따라 걷는 길 짧아 아쉽다.

현실(現實)로 이루어진 꿈은
참으로 아름답구나

강 건너 작은 열차 지나도
서두름 없이 마냥 걷고 싶다.

걷다가 달 아래 그림자 내리면

달 속에 항아(姮娥) 아가씨
선녀탕(仙女湯) 나온 선녀(仙女) 아가씨
부러워 승천(昇天) 길 더디리라.

오늘의 부활(復活)

부활절(復活節)
목사님의 설교(說敎)를 들었다.

상가(喪家) 위로예배(慰勞禮拜) 올리러 가서
살려달라는 애원(哀願)을 들으면
능력(能力)이 없어 가장 두려웠는데

하루는 교회 앞에 사는 젊은 아저씨가 돌아가서
위로예배를 드리는데

어린 자녀(子女)들이
우리 아빠 살려 주세요 애원을 하는데
가만히 들어보니,

"술 안 먹는 아빠로 살려 주세요"
"안 때리는 남편으로 살려 주세요"

그냥 살려 달라는 것이 아니고
술 안 먹고, 때리지 않는
변화(變化)된 사람으로 살려 달라고 하였단다.

그렇다.
나쁜 버릇 버리면 그 순간
나는 변화된 나로 다시 살아나
오늘의 부활(復活)이 되는도다.

꿈에서라도

이제 버리겠노라 마음먹고
참아 한 달이 되어
아주 편안하였는데

다시 화를 내며
소리소리 지르고는
괴로워 하다 깨어 보니
꿈이었다.

이제는
꿈에서라도
버려야겠다.

이대로

이대로는 아니 되오
그대로는 지으신 대로요
이대로는 내 마음 대로라.

부는 바람 따라
흐르는 물 따라
그냥 가는 게 그대로요.

순종하지 아니 하고
내 하기 좋은 대로 하는
이대로는 아니 되오.

고려산(高麗山) 오르며

적석사(積石寺) 가파른 길 오르니
낙조대(落照臺)라.

구름 속 진달래 꽃길 걸으며
고인돌 군(群) 지나고 지나서
점심 먹고 나니 비가 내려
우의 입고 우산 쓰고
곤죽 길을 오르고 내리며 진땀을 흘린다.

헬기장 정상(頂上)이 바로 위란다.
모습 끝내 감추는 것은
다시 오라는 것이란다.

청련사(靑蓮寺) 가는 길로 산을 다 내려오니
비 개이고 산 모습 아름답다.

고려(高麗)의 군신(君臣)들
두고 온 송도(松都) 그리워
궁궐(宮闕) 뒷산을 송악산(松岳山)이라 부르고
오련산(五蓮山)을 연백(延白) 뒷산 이름 그리워
고려산(高麗山)이라 부르며

망향(望鄕)의 한을 달랬을까
항몽(抗蒙)의 의지(意志) 굳혔을까

축법조사(竺法祖師) 오색(五色) 연꽃 한 송이 한 송이 날려
멈춰진 곳에
청련사(靑蓮寺) 홍련사(紅蓮寺) 흑련사(黑蓮寺) 백련사(白蓮寺)
적련사(赤蓮寺) (적석사(積石寺)) 창건했다네.

소금 많이 뿌리지 마

안면 있는 두 사람이 뒤따르고
혼자 관을 향해 가면서

파리가 내 살 빨아 먹는
고통 어찌 참나 하며

소금 많이 뿌려 달라 하려다가
아니야

너무 짜면 어쩌나 하고는
소금 많이 뿌리지 마 하면서

아주 편안한 마음으로
검은 고무신 벗어 놓고

검은 관에 들어가 누우려는 순간
잠이 깼다.

하나님의 성품(性品)에 참여(參與)

(베드로 후서 1장 7절)

푸줏간을 하는 박상길에게 한 양반(兩班)이
"상길아, 이놈아, 쇠고기 한 근 싸라" 하니,
예, 하며 썩썩 잘라 내밀었다.

다른 한 사람이
"여보게, 박 서방, 쇠고기 한 근 달아주게" 하자
이리 저리 골라 잘라 푸짐하게 싸 주었다.

보고 있던 양반이 참다 못해 항의하자,
"먼저는 상길이가 자른 고기고
나중은 박 서방이 자른 고기요" 한다.

믿음, 덕(德), 지식(知識), 절제(節制), 인내(忍耐), 경건(敬虔),
형제우애(兄弟友愛), 그리고 사랑.
하나님의 성품(性品)에 참여(參與)함이로라.

달 보며 늦었다니

숨 가빠 산봉우리 오르니
싱싱하고 연한 초록의 산 덩어리가
가슴 가득 담아진다.

오솔길 굽이 따라 지나니
그늘 따라오는 시원한 바람이
마음 속속 스쳐간다.

어둠 지는 산길 내려오니
은빛 초나흘 달이
소나무 가지 살짝 지난다.

넘어져 찢기고 다치니
자초지종 물음에 대답이
달 보며 늦었다니 아니 믿는다.

대부도에 가면

대부도에 가면
그냥 지나가지 말고
선감도 산등성이 길을 걸어보세요

팔효정(八孝亭)에 올라
크고 작은 섬이 가득한
서해 바다를 보세요

서투른 우리의 실패로
상처 아무는 시화호의 아픔에
갈매기 들려주는 긴 사연 들어보세요

숲 속 길 품속에 안겨
들꽃이 들려주는 동화 들으며
노래하는 산새 벗삼아 보세요

어떤 모습으로 기억되든
아름답고 고운
바다 가운데 산길이랍니다.

소나무는 없다

죽마고우(竹馬故友) 산죽(山竹)과 칠보산(七寶山) 숲길을 걷는데
산죽(山竹)이 별안간 외쳤다.
"소나무는 없다!"

숲을 이룬 대부분은 리키다 나무이고
리키다는 소나무와 비슷하지만,
우리 조상님의 얼과 같이 아름다운 소나무는 아니다.

더구나,
리키다 나무는 아득한 옛적부터 좋지 않은
이웃나라 일본(日本)이 심은 나무이다.

공자(孔子)님은
"비슷하면서도 같지 않은 것을 미워한다.(惡似而非者)"
하시면서,
가라지는 곡식(穀食)을 어지럽힐까
재지(才智)는 의리(義理)를 어지럽힐까
말솜씨 좋음은 신실(信實)을 어지럽힐까
그것이 두려워 미워한다고 말씀하셨다.(孟子 盡心章句 下)

예수님은

가라지를 뽑다가 곡식(穀食)까지 뽑을까 염려(念慮)하시며
가라지는 추수(秋收) 때에 미리 거두어 불사르신다
말씀하셨다.(마태복음 13장 29절)

산죽(山竹)은
소나무 비슷하면서 소나무가 아닌 리키다 나무를 미워하고,
세상에 가득한 사이비(似而非)를 미워하는 마음이
숨통이 터질 듯하여 외쳤으리라.

못 참겠네

창문(窓門) 여니
맑고 밝은 새벽 하늘

비바람 궂은 날씨 접으시고
푸른 향기(香氣) 그윽한 숲길

꿩은 선창(先唱)하고
산새들 후창(後唱)하니

즐겁고 기쁜 새 아침
감사(感謝) 찬송(讚頌) 못 참겠네.

칠보산(七寶山) 오르며

여덟 가지 보물(寶物) 있어 팔보산(八寶山)이
우리네 욕심(慾心)으로 금닭이 사라져
칠보산(七寶山)이라오.

일광사(日光寺)에서 천주교묘지(天主敎墓地)로
쉬엄쉬엄 걸으며
비들치 고개를 넘나드는
전해 오는 이야기 귀기울여도 보고
여러 모양의 바위 만져보며
정자(亭子)에 올라 고향산천(故鄕山川)을 어림도 해본다.

남아 있는 일곱 가지 보물(寶物)이 무엇인지 몰라도
이 산길을 걸을 수 있음이
보다 큰 보물(寶物)이로다.

숲 속 새소리

숲 속 새소리
즐거워 노래하는 건지
슬퍼서 우는 소리인지

숲 속 새소리
새는 제 마음 소리 내고
나는 내 마음 듣는다.

숲 속 새소리
알 듯 말 듯한데
막상 따라 못한다.

칠순 잔치

칠순 잔치에 가니
할아버지 할머니 아니 보이고
분명 내 친구 한가운데 앉아
아들 딸 며느리 사위 손자 손녀 절을 받네

비록 머리는 희끗하지만
운동장 뛰놀 때
그 모습 그대로이다.

같이 간 친구가
너도 내년에 칠순이야 하기에
아닐 거야 하니
제 나이도 모른단다.

어느 꿈 속 마을에 와서
할머니 옛날 이야기를 재미있게 듣다가
잠을 깬 것만 같다.

나는 살구나무요

숙지산(熟知山) 오르는 길가에
살구나무와 매화나무가 섞여 있다.

몇몇 나무에
'나는 살구나무요' 라는 표가 달려 있다.

알고 보니
열매가 열리자마자 가지가 마구 꺾여서란다.

살구나무와 매화나무는 비슷하여
매실로 알고 다칠 살구나무가 불쌍해서겠지

순종하는 히브리백성을 살리려고
문설주에 피를 칠하게 하신 여호와의 마음이로다.

두 탕자(蕩子)와 아버지

(누가복음 15장 말씀)

상속분(相續分)을 미리 받아 먼 나라에 가서
허랑방탕(虛浪放蕩) 허비(虛費)하고는
돼지 먹이를 구걸(求乞)해도 주는 이 없어
하늘과 아버지께 지은 죄(罪) 회개(悔改)하며
머슴으로라도 받아 주시길 원하며
돌아 온 탕자(蕩子),
둘째 아들.

돌아와 준 아들에게
새 옷을 입혀 구원(救援)하시고,
손에 반지를 끼워 아들로 인정(認定)하시고,
발에 신을 신겨 자유인(自由人)으로 회복(回復)시켜 주시고는
죽었다가 다시 살아났으며
잃었다가 다시 얻은 아들이라 기뻐하시며
큰 잔치 베푸신 아버지.

아버지를 여러 해 섬겼거늘
염소 새끼라도 주어 내 벗과 즐기게 한 일 없더니
재산(財産)을 창기와 함께 먹어버린 둘째 아들이 돌아오매
큰 잔치를 베푸심을 원망(怨望) 불평(不平)하며
잔치에 들어가기를 즐겨 하지 아니 하는

집에 있는 탕자(蕩子),
맏아들.

너는 항상(恒常) 나와 함께 있으니 내 것이 다 네 것이로되
네 동생은 죽었다 살아 왔으며
잃었다가 얻은 아들이라
즐거워하고 기뻐하는 것이 마땅하다고 하시는
아버지.

하늘나라 오고 간 사제간(師弟間)의 사랑
— 2006. 5. 16 조선일보 기사를 읽고

"벌써 천국(天國)에 도착(到着)했네, 생각(生覺)보다 가까워
내가 가까이 있으니 너무 외로워 하지들 말어."

오랜 암(癌) 투병(鬪病) 끝에 사흘 전 눈을 감은 은사(恩師)님이
조교(助敎)와 제자(弟子)들에게 보낸 문자(文字) 메시지이다.

알고 보니,

"평안히 가셨을 것으로 믿습니다"라고
조교(助敎)가 은사님께 문자를 보냈더니

사모님은 남편(男便)이 보았다면 이렇게 했을 것이라
생각하고 보낸 답장(答狀)이었다.

하늘나라 오고 간 사제간(師弟間)의 사랑이로다.

*목원대학교 심재호 교수(敎授), 부인 장은정, 그리고 조교 이영신.

사계절(四季節)

봄이 오면 피고 지는 꽃향기 속에
어린 아이 고운 마음 닮아
거친 성질 부드러워진다.

여름 오면 싱그러운 푸르름 속에
퍼부었던 정열 되살아나
풀 죽은 몸, 새 힘 얻는다.

가을 되면 열매 여묾 속에
걸음 멈추고 명상에 잠기니
시(詩) 한 수에 취한다.

겨울이 와 싸늘한 칼바람 속에
버릴 것 차갑게 여미어
이어온 줄을 가른다.

봄은 가면서

봄은 가면서 꿈을 주고
가을은 열매를 주건만.

사람은 떠나며
상처만 남겨 놓네.

만날 때 그걸 알면서도
아니길 바라는 미련 때문이었네.

지금 걷고 있는 길은

지금 걷고 있는 길은
시냇물 따라 가는 길 버리고
다시 광야로 가는 길은 아닌지

광명의 길 알지 못하고
어둠 속 헤매는 길은 아닌지

평강의 길 버리고
공의가 없는 굽은 길은 아닌지

생명의 길 버리고
돌아올 수 없는 길은 아닌지

피 흘리는데 빠른
악의 길은 아닌지

귀로 들은 말씀 되새김질 버리고
눈으로 보이는 유혹의 길은 아닌지

돋는 햇빛처럼 빛나는 의인의 길 버리고
무엇에 걸려 넘어지는지도 모르는 악의 길은 아닌지

가기 힘든 좁은 길 버리고
가기 쉬운 넓은 길 아닌지

"옛적 길 곧, 선한 길이 어디인지 알아보고
그리로 행하라."(렘 6 : 16) 하셨으니,
아브라함, 이삭, 그리고 야곱이 걸은 길은
내 영혼 소생시켜 즐겁고 기쁜 길이요
내 심령 편안하여 맑고 밝은 길이건만.

모낸 논 바라보며

모낸 논 바라보며
어린 시절을 생각한다.

꾸부려 모를 심기가
그리도 힘이 들어
허리 피며 하늘 보았지

며칠 후 뿌리 내리면
떠다니는 포기는 다시 심고
빠진 자리엔 새로 심느라고
진종일 논배미를
먹이 찾는 백로처럼 뒤졌지

땅내 받아 벼 잎 퍼렇게 자라 오르면
그리도 예뻐 보고 또 보았지

지방선거 당선자들
제발 땅내 받은 벼 포기처럼
제자리 잘 지켜 주었으면.

생일

내 생일은 음력 오월 초하룻날
이 날이 되면
할머니 생각이 난다.

호랑이가 겨우내 힘들다가
산과 숲이 우거져 얼마나 좋으냐
더구나,
바닷물이 한참 들어올 때 나왔으니
평생에 부족하지는 아니 할 것이라며
등을 쳐주셨다.

공장에 다니며 야간대학 다닐 때
사다 놓은 쌀자루 꺼져 가고
방은 추워 걱정이 가득해도
할머니 말씀 믿고 이겨냈다.

결혼하여 아들 딸 기르며
봉급으로 이겨내는 용기를 얻기도 했다.

예순 아홉 생일에
할머니 더욱 보고 싶어진다.

송홍만 제10시집

변화산(變化山) 위에 변화(變化)

"예수께서
베드로, 요한, 그리고 야고보를 데리시고
기도(祈禱)하시러
산에 올라가시어 기도하실 때에
용모(容貌)가 변화(變化)되고
그 옷이 희어져 광채(光彩)가 나더라." (누가복음 9 : 28-29)

타고난 성품(性品), 지녀온 마음가짐,
그리고 하여온 몸가짐, 이 모든 것
주님의 용모처럼 변화되었으면

일상(日常) 속에서
사랑과 관심(關心)을 보여주는 마음으로
주님의 용모처럼 변화되었으면

거짓이 참으로
미워함이 사랑함으로
주님의 용모처럼 변화되었으면

악한 일 중단하고
선한 일 시작하게
주님의 용모처럼 변화되었으면.

숨겨진 아름다움

밤에 내린 비에 말끔히 씻긴
파란 솔잎 사이로
하얀 구름 틈으로 보이는
파란 하늘은
숨겨진 아름다움이어라.

밤에 내린 비에 말끔히 씻긴
파란 풀잎 사이로
하얀 방울 속으로 보이는
파란 하늘은
숨겨진 아름다움이어라.

네 마음을 지키라

"무릇 지킬 만한 것보다 더욱 네 마음을 지키라"
(잠언 4장 23절) 하건만
내 마음은 참으로 지킬 수가 없도다.

깃털보다 가벼워 날아갈까
바위보다 무거워 고루할까
내 마음은 참으로 지킬 수가 없도다.

마음 속에 생명이 있고
마음 속에 의욕이 있음 알건만
내 마음은 나도 알 수 없도다.

불행하다 생각하면 불행해지고
행복하다 생각하면 행복해짐 알건만
내 마음은 나도 알 수 없도다.

마음먹기에 따라
지옥도 되고 천국도 됨을 알건만
내 마음은 내 맘대로 할 수 없도다.

내 마음 내가 지켜 늘 감사가 넘쳐

시와 노래를 퍼 올리며
내 마음 내가 지키길 원합니다.

새로운 힘을 얻어
(이사야 40장 31절 말씀)

세상 삶이 피곤하여
소년이나 장년이라도
힘들어 지치고 넘어지건만

여호와를 바라보며 살면
새로운 힘을 얻어
독수리가 날개 치며 솟아오름 같고
달음박질하여도 지치지 아니 하고
오래 걸어도 피곤치 않으리로다.

잃었던 의욕을 다시 갖게 되고
잠자는 영혼을 깨워 주시리니
여호와로 새 힘을 받았음이로다.

순간마다 기도하고
걸음마다 찬송하면
새로운 힘을 얻으리로다.

산길을 걸으리라

산을 오르지(登山) 아니 하고
산길을 걸으리라[遊山].

산길을 걸어
어머님 품속 같은 산에 안기리라.

이제는 무례(無禮)하게
산을 오르지 아니 하리라.

깊은 깨달음 구하려
집을 나가 산에 들어가지는[入山] 못하여도

가장 따스한 품에 안겨
응석도 부리며 때로는 시(詩)를 읊으며

산봉우리에 올라
눈 아래 보이는 것 멸시(蔑視)치 아니 하리라.

경건(敬虔)한 마음으로 산길을 걸으며
지으신 분의 세미(細微)한 음성을 들으리라.

새 소리는 새 소리로

세마대(洗馬臺) 오르며
저 새 소리는 뭐라는 거로 들리느냐고 하니

산죽은
"새 소리는 그냥 새들의 소리야!" 한다.

그렇다.
들리는 소리는 듣는 사람의 마음에 따라
즐거운 노래로
슬픈 울음으로
원망하는 소리로
들리는 것이리라.

꿩은 굳은 의지를 선언하는 듯
뻐꾸기는 말 못할 한을 토하는 듯
꾀꼬리는 누군가를 조롱하는 듯
생각했는데

이제는
새 소리는 새 소리로
바람 소리는 바람 소리로

물 소리는 물 소리로
그렇게 들어야겠다.

130

사탕과 아기

전철에 아기가 타면
눈을 맞추어 본다.

사탕 하나를 주면
아주 빠르게 친해진다.

주고 나서 눈을 맞추면
천하에 그런 아름다움이 없다.

산을 오르내리다가
어린이를 만나면

장하다 칭찬하며 사탕 서너 개를 주면
아주 맑고 밝게 인사를 한다.

주고 나서 모습 바라보면
천하에 그런 아름다움이 없다.

구원 받은 자의 복

(이사야 35장 말씀)

죄악의 종으로 태어나 죽음의 두려움 속에
오늘도 걱정 내일도 걱정하며 살아온 우리가
하나님을 믿어 하나님의 자녀가 되니
하나님의 참 아름다움을 보도다.

연약한 손 강하게
떨리는 무릎 굳세게
소경의 눈 밝아지며
귀머거리의 귀 열리고
절름발이는 사슴같이 뛰며
벙어리의 혀 노래하리라.

광야에 샘이 솟고
사막에 내가 흐르며
사나운 짐승이 눕던 곳에
갈대와 부들이 무성하리라.

거기에 거룩한 길이 있어
부정한 자 지나지 못하며
우매한 자 범하지 못하고

구원 받은 자
돌아와 기쁘고 즐겁게
노래 부르며 걸으리라.

하나님 천지창조하신 후
우리 마음 변화시켜
새로운 창조를 하시는도다.

계립령(鷄立嶺) 내려가며

문경(聞慶)에서 개울 따라 자동차로
관음리(觀音里) 고개에 이르니
천팔백 여년 전
신라(新羅) 아달라니사금(阿達羅尼師今) 때 닦은 고갯길
계립령(鷄立嶺) 유허비(遺虛碑)가
백두대간(白頭大幹) 종주자(縱走者)들 맞고 보내는구나

시원시원하게 자란 소나무 숲길
산새도 반갑게 맞아주는
목련(木蓮), 찔레꽃 향기(香氣) 그윽한 옛길 걸어 내려가니
삼층석탑(三層石塔)과 불두(佛頭)가
우뚝 서서 맞아주는 미륵리(彌勒里)에 이른다.

현실세계(現實世界)인 관음리(觀音里)에서
이상세계(理想世界)인 미륵리(彌勒里)로
험한 고개를 넘어 오라는가 보다.

구도(求道)의 길 찾아 넘은 큰 스님
국경(國境)을 넓히려고 넘은 신라(新羅)의 장수(將帥)
신라(新羅) 경순왕(敬順王)의 항복(降伏)을 받고 넘은 왕건(王建)
망국(亡國)의 한(恨)을 품고 넘은

마의태자(麻衣太子)와 덕주공주(德周公主)

오늘은
옛 님 넘나든 이 길을 걸으며
삶에 부끄러움을 되새김질한다.

미륵리(彌勒里) 절터에서

— 미륵대원(彌勒大院)

남한강(南漢江)과 낙동강(落東江) 물길을 잇던
하늘재 길 섶에 자리한 절터

석축(石築)만 둘러선 석불입상(石佛立像)
북향(北向)한 환한 얼굴 평온(平穩)하구나

망국(亡國)의 한(恨)을 멸(滅)하려 입산수도(入山修道)
가는 길에 마의태자(麻衣太子) 지었는지
새로 일어나는 고려(高麗) 태조(太祖) 왕건(王建)
국력(國力)을 과시(誇示)하려 세웠는지

침입(侵入)한 몽골군(蒙古軍)이 불태워 폐사된 것을
한국전쟁(韓國戰爭) 후(後)
한 보살님 다래 덤불 걷어내었단다.

본디 바위에 오층 석탑을 세우고
본디 바위로 큰 거북을 살려 놓았네

석불입상(石佛立像) 둘러 있는 석축(石築) 한 쪽이
뚜렷이 기울어지고 있네

달 밝은 밤 숨 죽이고 앉아
환한 얼굴 빛 조심스레 지나가는
달님의 그림자 보고 싶구나.

사자빈신사(獅子頻迅寺) 터에서

월악산(月岳山) 송계팔경(松溪八景)의 일경(一景)
망폭대(望瀑臺) 아래 물 속에
젊은 남아(男兒)의 몸 동아리 가득하다.

깊은 골짜기 좁은 터에
홀로 지키고 서 있는
사사자석탑(四獅子石塔)

하층 기단부 정면에
일흔 아홉 글자 새겨져
천년 전 사연이 자세하구나

상층 기단부에 네 마리 사자 통통하고
비로자나불(毘盧遮那佛)
두건과 뒷머리 나비 매듭이 또렷하구나.

대평(大平) 2년(고려 현종 13년. 1022)
몹쓸 적들이 아주 물러 갈 것(怨敵永消)을 기원(祈願)하며
거란족의 빈번한 침입을 불력(佛力)으로 막아
태평안민(太平安民)을 기리었으니
오늘도 똑 같은 바람 간절(懇切)하구나.

사인암(舍人巖) 아래에서

도락산(道樂山) 한 자락이 물가에 멈추어
병풍(屛風)처럼 둘러섰다.

치솟은 바위 벽(壁) 금이 가서
사이사이 감탄(感嘆) 소리 스며든다.

화폭(畵幅) 삼아 그려낸 그림 속에
소나무 들꽃 숨쉬며 자라고 있다.

사인(舍人) 벼슬한 우탁(禹倬)이
자주 찾아 사인암(舍人巖)이란다.

바위 아래 물가에 누워 올려보니
나무 가지는 하늘을 가리고
뿌리는 속으로 감추었구나

"한 손에 가시 쥐고 또 한 손에 막대 들고
늙는 길 가시로 막고 오는 백발 막대로 치려더니
백발이 제 먼저 알고 지름길로 오더라."

칠백 여년 전 임이 남긴 시조(時調) 한 수 읊어보며

오늘 하루 평안(平安)을 누리며 즐거우니
청유(清遊)란 이것 아닐는지.

단양신라적성비(丹陽新羅赤城碑) 둘러보고

중앙고속도로(中央高速道路) 단양휴게소(丹陽休憩所)에서
성재산을 오르면
테뫼식 산성(山城)이 복원(復元)되고 있다.

성 안 높은 터에 있는 비각(碑閣) 안에
화강암(花崗岩) 곱고 판판한 면(面)에
음각(陰刻)한 한자(漢字) 읽어 본다.

천오백 여년 전 진흥왕(眞興王)의 명을 받아
신라(新羅) 조정(朝廷)의 고관(高官)들
첩경사업(捷徑事業)에 목숨 바친 적성(赤城) 사람
야이차(也爾次)의 공을 표창하여
고구려(高句麗)와의 국경(國境)인 죽령(竹嶺)을 넘어
첫발 디딘 요충지(要衝地)에 세워진 비란다.

벼슬 이름 아간(阿干)도 나오고,
울릉도 군주(軍主)가 된 이사부(異斯夫)도 나오고
김유신(金庾信)의 조부 무력(武力)도 보인다.

바로 성 아래로 온달산성(溫達山城)이 있는 영춘(永春)에서
흘러 내려오는 남한강(南漢江) 환히 보인다.

개망초 꽃이 만발(滿發)한 성안을 걸으며
성을 지키는 신라 병사(兵士)들과 손잡고
전선(戰線)의 밤은 어떠하냐고 주고 받았다.

별과 달은 무슨 꿈 내려주고
구름은 무슨 그림 남겨 주며
바람은 무슨 소리 두고 갔냐고.

다 부질 없는 일

'전설의 고향'에 나오는 저승사자가
"다 부질 없는 일이요" 자주 말한다.

데리러 왔노라 하면,
내일이면 현감(縣監) 발령을 받는다며,
더러는 처자식에게 한 마디 당부한다며,
한 달만, 아니면, 하루만 기다려 달란다.

저승사자는
"다 부질 없는 일이요" 한다.

예수님도
"오늘 밤에 네 영혼을 도로 찾으려니
그러면 네 예비한 것이 뉘것이 되겠느냐"
(누가복음 12장 20절) 하신다.

그때에
이웃집 마실가듯
태연히 따를 수 있을까?

착하고 충성된 종

(마태복음 25 : 14-30)

어떤 사람이 외국에 가면서 종들을 불러 각기 그의 재능(才能)대로
재산을 맡기고 떠났는데요

금 다섯 달란트 받은 자는 바로 가서 장사하여 다섯 달란트를 남기고
금 두 달란트 받은 자도 그와 같이 하여 두 달란트를 남겼는데
금 한 달란트 받은 자는 가서 땅을 파고 한 달란트를 묻어 두었대요

오랜 후 주인이 돌아와 종들과 셈할 때
다섯 달란트 받았던 자는 다섯 달란트 더 가지고 와서
주여 보소서 다섯 달란트를 남겼나이다 하고
두 달란트 받았던 자도 두 달란트 더 가지고 와서
주여 보소서 두 달란트를 남겼나이다 하니

주인이 잘하였구나 착하고 충성된 종아
작은 일에 충성하였으매 많은 것을 맡기리니
나의 즐거움에 함께하자고 하였으나.

한 달란트 받았던 자는 한 달란트 그대로 가지고 와서
주여 당신은 굳은 사람이라 땅에 감추었다가 가져왔다고 하니
주인이 악(惡)하고 게으른 종아
어찌 그대로 가져 왔느냐

그 한 달란트를 빼앗아 열 달란트 가진 자에게 주라 하며
이 무익한 종을 바깥 어두운 데로 내어쫓으라.
거기서 슬피 울며 이[齒]를 갊이 있으리라 하였대요

아! 두렵습니다.
주신 재능(才能)을 주신 분의 뜻을 생각하며 일했는지
아니면,
그 좋은 재능을 내버려 두었거나
내 마음에 좋은 대로 써버렸는지.

여기 있었네

꽃 피어 향기 그윽하니
아카시아 나무
여기 있었네

열매 익어 알밤 벌어지니
밤나무
여기 있었네

괴로우나 즐거우나 도우시니
참 사랑
여기 있었네.

하늘 조각이

소나무 숲 속
솔가래 위에 누우니
솔잎 사이로
하늘 조각이
새어 내린다.

떡갈나무 잎이
하늘을 가리니
살살 부는 바람이
나뭇잎을 간질여
하늘 조각이
빠져 나온다.

어느 황제,
어느 재벌이
이만한 평안 누렸을까.

혹시나 했더니

혹시(或是)나 했더니
역시(亦是)나 라네.

살펴 본 대로인지,
혹시 아닌지 알아보니
역시 그대로라는 거지

그러면 그렇지
혹시(或是)나 했더니
역시(亦是)나구나.

보드라운 순

칡 덩굴이 휘휘 감은
참나무 가련하다.

보드라운 순(筍)
간지러 주더니

넓은 잎
타고 오른 참나무 덮었네

향락(享樂)도 처음엔 즐거우나
끝내는 몸을 망친다 했지.

맥아더 사령관과 일등병의 대화

— 2006. 6. 24 조선일보 기사를 읽고

"병사!
다른 부대는 다 후퇴했는데, 자네는 왜 여기를 지키고 있나?"
"저는 군인입니다.
상관의 명령 없이는 절대 후퇴 않는 게 군인입니다.
철수명령이 있기 전까지는
죽어도 여기서 죽고, 살아도 여기서 살 겁니다."

1950. 6. 29.
이미 한강 이북은 인민군에 의해 점령되고
백골부대 18연대 1대대 3중대 100명이
한강방어선을 마지막까지 버티고 있던
영등포 양화동 인공폭포공원 부근에서
일등병 신동수(辛東秀)와
도쿄에서 날라와 상황을 돌아보던
미극동군사령관 맥아더 장군의 대화였다.

"정말 훌륭한 군인이다.
내가 일본으로 건너가면 즉시 지원군을 보내 주겠다."

이 군인에게 감동 받은 맥아더 장군은
그의 어깨를 툭툭 치며 이렇게 말하면서

연막탄 2개와 대공표지판을 선물로 주었단다.

당시 100여명이 7일간 처절한 혈전으로 7명만 생존했다며
77세의 노병(老兵)은 이렇게 말하셨다.

"6.25만 가까워 오면 내가 묻어준 동료들
내 앞에서 죽어간 동료들이 떠올라요
군번도 없이 죽어간 전우들이 얼마나 많은데요
어떻게 지킨 나라인데
지금 젊은이들이 그걸 알고 있나요."

잠 아니 오는 달 밝은 밤

잠 아니 오는 달 밝은 밤
옛 성현(聖賢) 깨달은 바를 더듬다가
나름대로 느낀 즐거움
주거니 받거니 하는 친구 있어
즐겁고 기쁘구나
그 누가 알아주지 아니 하여도
노여워 할 바가 없도다.

공자님은
"배우고 때때로 익히니 기쁘고
벗이 멀리서 찾아오니 즐겁고
남이 나를 알아주지 않아도
노여워 아니 하니 군자 아니냐" 말씀하셨지
(學而時習之 不亦說乎 有朋自遠方來 不亦樂乎
人不知而 不慍不亦君子乎)

험한 산 속에서
길을 찾은 듯
기쁘고 즐거움이
성현의 가르침이라.

가지지 말라

사랑한다 미워한다
모두 무서운 말이로다.

"사랑하는 사람을 가지지 말라
미워하는 사람도 가지지 말라.

사랑하는 사람은 못 만나서 괴롭고
미워하는 사람은 만나서 괴롭다.

사랑을 지어 가지지 말라
사랑은 미움의 근본이다.

사랑도 미움도 없는 사람은
모든 구속과 걱정이 없다."(佛聖句)

사랑한다 미워한다
모두 무서운 말이로다.

위대한 깨달음

(디모데 전서 1장 12절-17절)

훼방자 핍박자 포행자(暴行者) 알지 못하고 행한 자,
아니 죄인 중에 괴수라고
바울은 크게 깨달았도다.

내가 죄인임을 깨닫는 것
번뇌가 따르는 어려움이거늘
내 마음대로 살아온 것
내가 매사에 주인으로
내가 매사에 중심으로
그렇게 잘못 살아온 것

용서 받을 아무 일 아니 했거늘
지은 죄를 용서하여 주신 은혜를
바울은 깨달았도다.

마땅히 받아야 할 용서로
부끄러운 죄 숨기려고
순간 순간 지나면 되는 줄로
나는 괜찮다고
나는 다르다고
그렇게 잘못 생각한 것

충성하리라 여겨 맡긴 직분
풀잎에 이슬 같으나
영생 얻을 자들에게 본이 되게 하심
바울은 깨달았도다.

알 수 없는 핑계로
주신 사명 깨닫지 못한 마음
회개하오니 용서하여 주옵소서.

은나래회

— 2006. 6. 26자 조선일보 기사를 읽고

'빨간 마후라'를
세상 최고의 영예로 알았던
남편만큼이나

망가지거나 흐트러지지 않고
꿋꿋하게 세상 헤쳐 나가는
장한 아내들

그들의
비련(悲戀)의 모임이
'은나래회' 란다.

"나 갔다 올게"
남긴 한 마디 아직 귓가에 맴돌고

어린 자녀 붙잡고 울부짖으며
바람 소리에도 벌떡 일어나곤 하던
미친 듯 살아온 길

남편은 몸 바쳐 나라 지키고
아내는 맘 바쳐 가정 지키니

힘 내소서
하늘의 상(賞)이 크리로다.

능소화(凌霄花)를 보며

하늘 그리워
남의 몸 타고 오르는 덩굴

송이 송이 하늘 향해
피어 오르는 네 마음

주황 빛 속 타는 사정
뉘라서 돌아보랴

하늘보다 더 높은 큰 뜻
뒤지지 않으려는 의지
능소지(凌霄志)를 품었구나

중원(中原) 넓은 들에서
해동(海東)에 옮겨 와

주황색 환한 얼굴
큰 꿈을 꾸고 있구나

올해도 꽃이 피니 장마가 시작되고
장마 속에 피고 지다 꽃 피기를 다하면

• 송홍만 제10시집　>>>>

장마는 지나고
또 한 해가 가겠지

굽힐 줄 모르며
뒤지지 않으려는
너의 미소(微笑) 만으로도
한 해가 즐겁구나.

구름

산 위를 가리고 있는 구름
그 속에는 신비(神秘)로움이 가득하네

장마 속에 산 봉우리 가린 구름
그 속엔 용(龍)의 꼬리 숨겼다지

산 아래 마을 가린 구름
그 속엔 신선(神仙)들 만나고 있다지

구름 속에서 나온 사람
앞 머리에 이슬 방울졌더군

"모세가 산에 오르매
구름이 산을 가리며" (출애굽기 24장 15절)

하나님도 모세를
구름 속에서 만나주셨지.

마음 움직이지 말고

어떠한 말을 듣더라도
마음 움직이지 말고.

적합하든 말든
사실이든 거짓이든
부드럽든 거칠든

나쁜 말 내뱉지 말라
마음 움직이지 말고.

가엾은 마음으로
자비로운 마음으로

성내지 말고, 미워하지 말라
부처님 말씀하시건만

아 슬프다.
참지 못하고
미워하고 성내었구나.

무슨 말을 듣던지

어떤 것을 보던지
내 마음 지켜주소서.

개망초꽃을 보며

산과 들 가득한 개망초꽃
금수강산(錦繡江山)을 덮어 버릴 듯하다.

사료(飼料)에 섞여 바다 건너 온 것이라네
박멸(撲滅)하는데 속수무책(束手無策)이라네

이 땅에 들어와 되보낼 수 없는 것이
어디 저것뿐이랴

구호(口號)뿐인 주장(主張)들
대책(對策) 없는 외침들

찬란(燦爛)한 꽃을 피운 아름다운 깨달음도
천하(天下)를 주름잡던 영웅호걸(英雄豪傑)의 큰 뜻도

그 모두가 흥망성쇠(興亡盛衰)를 거듭하였거늘
개망초꽃인들 오래 가랴.

나 없음 알면

만남은 그립더니
헤어짐은 괴롭구나

매사(每事)에 나 없음〔無我〕 알면
즐거움, 괴로움 없다 하셨지

깨닫지 못하여
괴로움 되풀이하네.

그러한 시(詩)를

주님께 영광(榮光) 돌리는
그러한 시(詩)를 쓰리라.

하지 못할 백절불굴(百折不屈)
받은 은혜(恩惠) 백골난망(白骨難忘)

무엇에나
어디에나
나는 없고(無我)

어디에나
언제든지
주님의 영광(榮光)

주님께 영광(榮光) 돌리는
그러한 시(詩)를 쓰리라.

여호와의 종이 되면

옛날 선지자(先知者) 이사야는
여호와의 종이 되라 하였네

그러면
먹고 마시며 살 것이요

즐거운 마음으로
기쁘게 노래 부르리라고.

그뿐이랴
택(擇)한 자로, 친구(親舊)로,

그리고, 자녀(子女)로
부른다 하시더니(이사야서 65장)

주님 내 죄(罪) 때문에 돌아가심
믿기만 하면 자녀(子女) 되게 하셨네.

내 마음밭에는
(창세기 3장, 미가서 7장, 이사야 5장, 요한복음 15장)

할머니의 작은 호미 끝으로
길 옆 밭에
고추, 상추, 옥수수, 호박넝쿨
가득하다.

내 마음밭[心田]에는
무엇으로 채워졌을까

먹지 말라 하신 과일을 먹었으니
가시덤불과 엉겅퀴 가득하고,

두 손으로 악을 부지런히 행하였으니
가시나무와 찔레 덤불이 울타리보다 무성하고,

창세 이래 사랑하심 저버리어
좋은 포도나무 아닌, 들 포도나무뿐이리라.

참 포도나무이신 주님
주님 안에 있으며,
항상 떠나지 않게 하소서

산에는 다 갔소

무릎 아파 병원에 가니
"산에는 다 갔소. 관절염이요"

힘들게 참고 나서
"순리대로 살아야죠."

알약 먹으며
파스 붙이고, 찜질하고.

종지 뼈를
수시로 굴려 본다.

새벽 산 오르는 발걸음 가벼워
감사한 마음에 눈시울 뜨겁다.

이슬비 내리는

이슬비 내리는 이른 아침
산길을 걷다가
풀잎 위에 방울진 구슬을 본다.

보리 잎 닮은 풀잎, 아카시아, 소나무 잎에는
구슬 맺히었는데,
참나무, 밤나무, 벚나무 잎에는 아니 맺혔다.

이스라엘 백성(百姓)이 출애굽하며 광야(曠野)에 친
진(陣) 사면(四面)에 이슬이 내릴 때에
만나도 같이 내렸다는데 (출애굽기 16장, 민수기 11장)

오늘도
이슬 맺힌 초목(草木)들은 받은 은혜(恩惠) 감사(感謝)하여
그 기도(祈禱)가 방울져 영롱(玲瓏)한가 보다.

거미는 그물로 생업(生業)을 삼더니
더욱 고마워 곱게 구슬을 꿰어 놓았네

이슬이 바짓가랑이를 적셔도 걷는 건강(健康) 고마워
마음이 젖고

보이는 이슬방울 받은 은혜(恩惠) 고마워
눈시울 뜨겁구나.

장마 속

장마 속 바삐 다니며
장대비에 우산살 부러지고
길 위 물은 발목을 넘는다.

덕소행 열차 밖으론
흙탕물 넘쳐 흐르는 한강이
꿈틀거려 두렵다.

집 떠나 외로운 객지
갈 길 먼데 빗방울 차가워
어느 집 추녀 밑으로
피하던 기억 살아난다.

열대야

해는 지글지글 끓고
땅은 뜨끈뜨끈 달궈진
한 여름이라도

해지고 나면 들과 숲에서
시원한 바람 설렁설렁
모깃불 연기 이리저리 날려주고

멍석 위에 앉아 헤어보는 별만큼이나
길게 이어지는 옛날 이야기
여름 밤 즐거웠는데

언제부터인가
두려운 열대야(Tropical night, 熱帶夜)

밤이 깊어져도 바람 한 점 없이 덥고
잠 못 이루고 날이 새도 더워
살에는 샘이 터져 물이 홍건하다.

교회에는

교회에는
죄짓지 아니 한 사람
깨끗한 사람만 있는 곳 아니래요

교회에는
나와 같이
죄지은 사람이 와야 한대요

교회에 오면
내가 걷던 길
나의 의롭지 않은 생각 버려 준대요.

하나님의 부르심

(이사야 55장 1절로 13절)

하나님은
목마른 자들아 오라
고 부르신다.
와서 값칠 수 없이 귀한
은혜를 받으시란다.

하나님은
귀 기울이고 들으라신다.
들으면 마음 즐거우며
영혼이 다시 살아난다 하신다.

하나님은
만날 만한 때에
가까이 계실 때에
찾으라 하신다.
널리 용서하여 주신단다.

가시나무 자라던 자리에 잣나무가
찔레나무 자라던 자리에 화석류(花石榴)가 자라듯이
다시 태어난 은혜의 삶이 된단다.

부르면 와 주는

부르면 와 주는 친구가 있어
나는 항상 즐겁다.

무릎 아파도 산에 가고 싶어
친구 산죽(山竹)을 불렀다.

광교 저수지 숲길을 걷고 보니
더 걷고 싶어진다.

산죽이 가꾸었다는 한 이랑 밭에는
온갖 곡식을 다 심어 놓았다.

도마도 서너 개 따 들고
밭머리 개울에서 몍을 감았다.

조금 더 조금 더 걷고 싶어
광교산 깊숙한 골짜기에 누웠다.

부르면 와 주는 친구와
주거니 받거니 하루가 저문다.

변함없는 자장가

저절로 불어오는 바람에
잠 잘 자고 깨어 보니 새벽녘.

어젯밤 하두 더워
옥상 들마루 위 모기장 속에 누웠다.

고향 집 마당을 맴돌던 바람이
산 넘고 들 건너 모기장 흔든다.

꿈 속에 어머님 손길
변함없는 자장가로다.

웃으며 다가온 딸 끌어안고

"사랑하는 딸아 두려워 말아라.
주님의 깊으신 뜻이야 헤아리지 못하나
늘 함께 하심으로
분명 좋은 일로 이끌어주실 것이다."

둘째 딸 걱정에
잠 이루지 못하다가
웃으며 다가온 딸 끌어안고
기도해 주고 나니
새벽 꿈 깨었다.

동행(同行)하여 줄 이

동행(同行)하여 줄 이
사람 중(中)에는 없도다.

어려서 뭉쳐 다니며 길들인
마루처럼 친숙(親熟)한
화성(華城) 화양루(華陽樓)에 올라 앉아 보니

솔잎 사이 스쳐온 맑고 시원한 바람
매미, 쓰르라미 목청 좋게 노래 부르고
잠자리는 간간이 손등을 간질인다.

혼자 보기 너무 아까워
올만한 친구(親舊)를 부르나
그럴 만한 이유(理由)로 못 온단다.

항상(恒常) 동행(同行)하여 줄 뿐
성령(聖靈)님 뿐이로다.

송홍만 제10시집

서 있는 산 그대로

·

지은이 / 송홍만
발행인 / 김재엽
발행처 / **한누리미디어**
디자인 / 지선숙

·

110-816, 서울시 종로구 부암동 185-5번지 4층
전화 / (02)379-4514, 379-4519
Fax / (02)379-4516
E-mail/hannury2003@hanmail.net

·

신고번호 / 제300-2006-61호
등록일 / 1993. 11. 4

·

초판발행일 / 2006년 9월 15일

·

ⓒ 2006 송홍만 Printed in KOREA

·

값 7,000원

·

※잘못된 책은 바꿔드립니다.
※저자와의 협약으로 인지는 생략합니다.

·

ISBN 89-7969-293-5 03810